El autobús se quedó en silencio.

Todo el mundo estaba esperando a que yo dijera el nombre de mi trabajo.

Sólo que no se me ocurría nada.

Y la cara se me empezó a poner muy roja y muy caliente.

Y me sentí muy mal otra vez.

—¿Ves? ¡Lo sabía! —dijo el malo de Jim—. ¡Ese trabajo no existe! ¡Lo sabía! ¡Lo sabía! ¡Lo sabía!

Después de eso me quedé muy callada y me puse a mirar por la ventana.

Y por eso volví a sentirme mal del estómago. Pues por eso.

Yo y mi gran bocota.

Junie B. Jones
y su gran
bocota

por Barbara Park
ilustrado por Denise Brunkus

SCHOLASTIC INC.
New York Toronto London Auckland Sydney
Mexico City New Delhi Hong Kong Buenos Aires

Originally published in English as
Junie B. Jones and her Big Fat Mouth.

Translated by Aurora Hernandez.

No part of this publication may be reproduced, stored in a retrieval
system, or transmitted in any form or by any means, electronic,
mechanical, photocopying, recording, or otherwise, without written
permission of the publisher. For information regarding permission,
write to Writers House, 21 West 26th Street, New York, NY 10010.

ISBN 0-439-42516-6

Published by Scholastic Inc., 557 Broadway, New York, NY 10012,
by arrangement with Writers House.
SCHOLASTIC and associated logos are trademarks and/or
registered trademarks of Scholastic Inc.

12   10 11 12 13 14 15 /0

Printed in the U.S.A.   40

First Spanish printing, December 2002

Contenido

Junie B. Jones
y su gran
bocota

1/ Castigo

Me llamo Junie B. Jones. La B es de Beatrice, pero a mí no me gusta Beatrice, así que sólo es una B y ya está.

Voy a kindergarten y mi salón se llama Salón Nueve. En ese sitio hay un montón de reglas:

No se grita.

No se corre por los pasillos.

Y no se embiste con la cabeza a los otros niños en el estómago.

Mi maestra se llama Seño.

También tiene otro nombre, pero a mí

me gusta Seño y ya está.

La semana pasada, Seño dio dos palmadas fuertísimas y dijo que tenía que *nunciar* algo.

Nunciar es la palabra que usan en la escuela cuando nos van a decir algo muy importante.

—¡Atiendan, por favor! —dijo—. Hoy va a ser un día especial en el Salón Nueve. Vamos a hablar de las diferentes carreras que pueden elegir cuando sean mayores.

—¿Ah, sí? ¿Pues sabe qué? —dije yo—. Que yo nunca he oído hablar de esa palabra tan tonta, "carrera". Así que no voy a tener ni idea de lo que estamos hablando.

Seño me miró con los ojos medio cerrados.

—Junie, una carrera es un trabajo —me dijo—. Y por favor, antes de hablar, levanta la mano.

2

Después Seño siguió hablando sobre las carreras y dijo que el lunes iba a ser el Día del Trabajo, y que todos los del Salón Nueve tenían que ir a clases vestidos de lo que quisieran ser cuando sea mayores.

Cuando dijo eso, todos los del Salón Nueve se pusieron contentísimos. Menos yo. Porque tenía un problema muy grande. Pues por eso.

—¿Ah, sí? ¿Pues sabe qué? —dije yo—. Que como yo no sé lo que quiero ser cuando sea mayor, el lunes no voy a venir a la escuela. Y seguro que ahora ya no paso de kindergarten.

—¡Bravo! —gritó un niño muy malo que se llama Jim.

Le mostré mi puño.

—¿Y qué te parece si te aplasto el cerebro, eh, gordiflón? —le contesté gritando.

Seño vino a mi mesa, se agachó y me dijo:

—Junie, por favor, deberías controlarte en la clase. Ya hemos hablado de esto otras veces ¿te acuerdas?

—Sí —dije muy educada —, pero es que no soporto al tonto ese.

Justo en ese momento, mi *supermejor* amiga Lucille, que se sienta a mi lado, se paró y se arregló su vestido de volantes.

—Yo siempre me controlo, ¿verdad, Seño? —dijo—. Porque mi nana me ha enseñado a portarme como una señorita. Así que, Junie B. Jones debería portarse como yo.

Le puse cara de pocos amigos.

—¡Oye niña tonta, yo me porto como una señorita! Y como vuelvas a decir eso te voy a dar una paliza para que aprendas.

4

Seño me miró con el ceño fruncido.

—Lo decía en broma —dije muy rápido.

Pero Seño siguió mirándome con cara de mal humor y luego me dio un castigo.

Castigo es la palabra que usan en la escuela cuando te tienes que sentar en una mesa muy grande tú solita.

Y todo el mundo te mira.

Y te hacen sentir como una *k.k.*

Y por eso puse la cabeza en la mesa y me tapé con los brazos.

Porque eso de los castigos hace que te pongas de mal humor.

Y por eso, en el recreo no le dirigí la palabra a Lucille y tampoco hablé con mi otra *supermejor* amiga, Grace.

Me senté en el pasto yo solita.

Y vi como Bedel pintaba los cubos de basura.

Y jugué con un palito y una hormiga, y ya está.

—Detesto el Salón Nueve —dije malhumorada.

Pero en ese momento vi algo maravilloso en el pasto: ¡dos *Life Savers* de fresa!

—¡Oye! ¡Esos me encantan! —dije.

Entonces, agarré uno, soplé para quitarle los gérmenes y me lo metí en la boca.

—¡ESPERA! ¡NO HAGAS ESO! —me gritó una voz muy fuerte—. ¡ESCÚPELO AHORA MISMO!

Me di la vuelta.

¡Era Bedel! Venía corriendo hacia mí super-perrápido. Sus llaves se movían hacia todos los lados.

—¡TE HE DICHO QUE ESCUPAS ESO! —volvió a gritar.

Entonces, escupí al suelo el *Life Saver* de

fresa, porque ese hombre me estaba asustando. Pues por eso.

Bedel se agachó junto a mí.

—No quería asustarte, linda —dijo—.
Ya había visto esos caramelos sucios en el

suelo y los pensaba quitar de ahí en cuanto terminara de pintar.

Me miró muy serio.

—Nunca comas nada que encuentres en el suelo. ¿Me oyes? Nunca.

—Pero si soplé para quitar los gérmenes —le contesté.

Bedel movió la cabeza.

—Los gérmenes no se pueden quitar soplando —me dijo—. Es muy peligroso comer las cosas que encuentras en el suelo.

Luego, Bedel recogió los caramelos peligrosos.

—Ahora, ve a jugar —dijo.

Suspiré muy hondo.

—Es que..., no puedo —le dije—, porque abrí mi gran bocota en la clase y me dieron un castigo. Y ahora no soporto a mi *supermejor* amiga, Lucille.

Bedel sonrió un poco triste y me dijo:

—A veces, la vida es muy dura, ¿verdad?

Yo moví la cabeza de arriba a abajo.

—Sí —dije—. La vida es una *k.k.*

Luego, Bedel me dio unas palmaditas en la cabeza y se fue.

¿Y sabes qué?

Que me gusta Bedel.

Y ya está.

2 / El poli y la Dra. Sonrisas

Cuando volví del recreo, Seño ya estaba dando palmadas fuertísimas otra vez.

—Niñas y niños, por favor, siéntense rápidamente. Tengo una sorpresa maravillosa para ustedes.

Entonces, me entraron muchos nervios en el estómago, porque las sorpresas son lo que más me gusta en todo el mundo mundial.

—¿SON DONUTS CON MERMELADA? —grité.

Seño se llevó el dedo a los labios. Eso quiere decir "cállate".

12

—¿AH, SÍ? ¿PUES SABE QUÉ? ¡QUE LOS DONUTS CON MERMELADA SON MIS DONUTS PREFERIDOS! ¡AUNQUE TAMBIÉN ME GUSTAN LOS DE CREMA! ¡Y LOS DE CHOCOLATE! ¡Y LOS QUE TIENEN BOLITAS DE COLORES ENCIMA!

Después de decir eso, se me hizo la boca agua y se me cayó un poco de saliva encima de la mesa.

La limpié con la manga de mi suéter.

Justo entonces, alguien llamó a la puerta.

Seño corrió a abrirla.

—¡MIRA! ¡HA VENIDO UN POLI! —grité entusiasmada.

El poli entró en el Salón Nueve.

Llevaba una camisa azul y una insignia muy brillante. Y unas botas negras brillantes.

Y un casco blanco de moto brillante.

13

Seño sonrió.

—Niñas y niños, les quiero presentar a mi amigo, el oficial Mike. El oficial Mike es un policía. ¿Alguien me puede decir qué hacen los policías?

—¡Yo, yo! —grité—. ¡*Restan* gente! Porque una vez, unos polis *restaron* a un señor en mi calle. Eso quiere decir que lo eliminan. Creo.

Entonces el Jim ese que me cae tan mal, empezó a reírse muy fuerte.

—¡No lo *restaron*, tonta! —gritó—. ¡Lo arrestaron! Eso quiere decir que lo llevaron a la cárcel. ¡Así que tu vecino era un asqueroso criminal!

Todos los otros niños también se rieron. Así que escondí la cabeza.

"Sólo que yo casi ni conozco al tipo ese", pensé para mí.

Después de eso, el oficial Mike se quitó su casco blanco y brillante y nos contó otras cosas que hacen los polis. Como ponerles multas a nuestros papás por manejar muy deprisa. Y *restar* a los que van borrachos.

También nos dejó jugar con sus esposas y su casco. Sólo que el casco me quedaba demasiado grande y me tapaba los ojos.

—¡EH! ¿QUIÉN APAGÓ LA LUZ? —dije.

Eso era una broma, claro.

Después volvieron a llamar a la puerta.

Esta vez era una señora que llevaba una bata blanca y larga. Tenía un cepillo de dientes rojo gigante.

—Niñas y niños, esta es la Dra. Sonrisas —dijo Seño—. La Dra. Sonrisas es dentista de niños.

La Dra. Sonrisas colgó unos pósters sobre dientes y luego nos contó todo sobre el Sr. Caries. Nos dijo que teníamos que lavarnos los dientes por la noche y también por la mañana.

—Claro, porque si no te lavas los dientes por la mañana tu aliento huele que apesta —dije yo.

Luego, le mostré a la Dra. Sonrisas mi diente flojo.

—¡Qué emocionante es perder los dientes de leche! ¿No crees? —me preguntó.

—Sí —contesté—, pero a mí no me gusta la parte cuando lloras y escupes sangre.

La Dra. Sonrisas puso cara de asco. Después repartió hilo dental con sabor a menta. Y todos los niños del Salón Nueve practicamos a limpiarnos con el hilo dental.

Limpiarse con hilo dental es meterse cuerdas en la boca.

Sólo que al poco rato, tuvimos un accidente.

Un niño que se llama William enrolló su hilo demasiado fuerte y lo enredó entre sus dientes y su cabeza y la Dra. Sonrisas no pudo desenredarlo.

Entonces, Seño tuvo que llamar superrápido a Bedel. Y Bedel llegó corriendo al Salón

Nueve y apuntó con su linterna a la boca de William.

¡Y entonces, la Dra. Sonrisas le sacó de la boca el hilo peligroso!

Todos en el Salón Nueve aplaudieron.

La Dra. Sonrisas hizo una reverencia.

Después Seño nos dijo que a lo mejor nos gustaría vestirnos de policías o dentistas para el Día del Trabajo.

—Sí, claro. ¿Y qué pasa si no te gustan los borrachos o los dientes con sangre? —pregunté.

Seño puso sus ojos en blanco. Luego acompañó al oficial Mike y a la Dra. Sonrisas al pasillo.

Entonces en el Salón Nueve empezó un cuchicheo muy fuerte.

Cuchichear es lo que haces cuando la maestra sale del salón.

—Yo me voy a vestir de actriz para el Día del Trabajo —dijo una niña que se llama Emily.

—Yo me voy a vestir de princesa —dijo Lucille, mi *supermejor* amiga que detesto.

Yo solté una risita.

—¡Yo me voy a vestir de torero! —dije.

Y empecé a correr superrápido por todo el salón y embestí al malo de Jim en el estómago.

¿Y sabes qué?

¡Que no me pillaron!

¡Y ya está!

3 / Yo y mi gran bocota

Cuando terminó la escuela, yo y mi *super-mejor* amiga Grace fuimos juntas al autobús.

Sólo que la tal Grace quería ir a la pata coja y yo no.

—¿Por qué no quieres ir a la pata coja? —me preguntó—. Yo y tú siempre vamos a la pata coja al autobús.

—Ya lo sé, Grace —le dije—, pero hoy tengo un problema muy grande en la cabeza. Y es que todavía no sé qué quiero ser cuando sea mayor.

—Yo sí —dijo la tal Grace—. Yo voy a ser Mickey Mouse en Disneylandia.

Suspiré.

—Pues peor para ti, Grace —le dije—, porque sólo existe un Mickey Mouse y ese no eres tú.

La tal Grace se empezó a reír muy fuerte.

—¡Pero qué tonta eres! Si Mickey no existe de verdad. Es sólo un disfraz de ratón con una persona adentro —dijo.

Y entonces me sentí muy mal por dentro, porque yo no sabía que Mickey era un disfraz. Pues por eso.

—Oye Grace ¿y por qué me contaste eso? —dije muy enojada—. Ahora estoy muy triste.

Me metí corriendo en el autobús y me senté muy atrás, cerca de la ventana.

Pero no podía estar en paz y tranquila,

porque los niños no hacían más que hablar
sobre el tonto Día del Trabajo.

—Yo voy a ser una cantante muy famosa —dijo una niña que se llama Rosa.
—Yo voy a ser una malabarista famosa
—dijo otra niña que se llama Lynnie.

Entonces, una niña que se llama Charlotte dijo que iba a ser una pintora famosa.

—A los pintores famosos se los llama artistas —nos explicó— y los artistas son muy ricos.

Después de eso me sentí un poquito mejor, ¿y sabes por qué? Pues porque la abuela Miller dice que pinto muy bien.

—¡Oye! ¡A lo mejor yo también puedo ser una pintora famosa! —dije.

—Yo voy a ser guardia de la cárcel —dijo un niño que se llama Roger—. Mi tío Roy trabaja de guardia en la cárcel y es el que tiene las llaves de toda la cárcel.

Entonces sonreí, porque una vez mi papá me dio la llave de la puerta principal y la abrí yo solita, sin ayuda de nadie.

—¡Oye, Roger! ¡A lo mejor yo también

puedo llevar llaves! —dije—, porque yo sé como usar esas cosas muy bien.

Justo entonces, William levantó la mano muy apenado.

—Yo voy a ser un superhéroe para salvar a la gente que esté en peligro —dijo.

Y en ese momento, ¡salté de mi asiento! ¡Porque esa era la mejor idea de todas!

—¡Yo también, William! —grité—. Porque creo que eso suena muy bien. Así que yo también voy a salvar a la gente que esté en peligro.

Entonces, el malo de Jim saltó y gritó:

—¡Copiona! ¡Copiona! Siempre estás copiando a todo el mundo y además, no puedes ser tres cosas a la vez. ¡Sólo puedes ser una!

Le puse cara de pocos amigos.

—¡Sólo voy a ser una cosa! —le dije enojada—. Es un trabajo especial en el que pintas y abres cosas y salvas a la gente. ¡Para que te enteres! ¡Na na, na na na!

Jim hizo un gesto como si yo estuviera loca.

—Estás más loca que una cabra —dijo—. Cabra B. Jones. ¡Ese trabajo no existe en todo el universo!

—¡PUES SÍ QUE EXISTE! ¡SÍ QUE
EXISTE, GORDIFLÓN! —le grité—. ¡Y ES EL

SUPERMEJOR TRABAJO DEL MUNDO MUNDIAL!

Él se cruzó de brazos y puso una sonrisa malvada.

—¿Ah, sí? ¿Y cómo se llama? —me preguntó.

En ese momento el autobús se quedó en silencio.

Todo el mundo estaba esperando a que yo dijera el nombre de mi trabajo.

Sólo que no se me ocurría nada.

Y la cara se me empezó a poner muy roja y muy caliente.

Y me sentí muy mal otra vez.

—¿Ves? ¡Lo sabía! —dijo el malo de Jim—. ¡Ese trabajo no existe! ¡Lo sabía! ¡Lo sabía! ¡Lo sabía!

Después de eso me quedé muy callada y me puse a mirar por la ventana.

Y por eso volví a sentirme mal del estómago. Pues por eso.

Yo y mi gran bocota.

4 / El tonto de Ollie

Cuando el autobús llegó a mi esquina, me bajé y fui corriendo superrápido a mi casa.

—¡SOCORRO! ¡AUXILIO! ¡TENGO UN PROBLEMA ENORME! —le grité a mi mamá—. PORQUE SIN DARME CUENTA, ABRÍ MI GRAN BOCOTA EN EL AUTOBÚS ¡Y AHORA TENGO QUE PINTAR Y ABRIR COSAS Y SALVAR A LA GENTE QUE ESTÉ EN PELIGRO! ¿PERO QUÉ TIPO DE TRABAJO RIDÍCULO ES ESE?

—Aquí —dijo mamá.

Aquí significa el cuarto del bebé. El cuarto del bebé es donde vive mi hermanito Ollie.

Fui lo más superrápido que pude.

Mamá estaba meciendo a Ollie en la mecedora. Estaba casi dormido.

—TENGO QUE HABLAR CONTIGO AHORA —grité otra vez—. PORQUE METÍ LA PATA HASTA ATRÁS Y NO SÉ CÓMO LO VOY A ARREGLAR.

Justo en ese momento, Ollie se despertó y empezó a llorar mucho.

—Mira qué bien —dijo mamá de muy mal humor.

—Bueno, perdón, pero es que tengo un problema —expliqué.

Ollie siguió chillando cada vez más fuerte. Su voz sonaba ronca como si tuviera dolor de garganta.

Mamá lo puso en su regazo y empezó a tocarse la frente con los dedos.

Hacía eso porque tenía uno de esos dolores de cabeza *miaraña*. *Creo*.

—Vas a tener que esperar hasta que el bebé se calme otra vez —me dijo enojada.

—Sí, claro, pero es que no puedo esperar porque...

Mamá me interrumpió.

—¡Ahora no, Junie B.! En cuanto pueda saldré a hablar contigo. ¡Ahora, por favor, vete de aquí!

Señaló la puerta.

Señalar quiere decir F-U-E-R-A.

—Demonios —dije—. Demonios y más demonios.

Porque mamá se pasa todo el tiempo con ese bebé tonto.

Y eso que el bebé es muy aburrido.

No sabe ni cómo darse la vuelta, ni sentarse, ni jugar a las damas chinas.

Creo que de verdad es bobo.

Yo quería devolverlo al hospital, pero mamá dijo que no.

Cuando salí del cuarto del bebé me fui al jardín.

Me senté en el pasto yo solita y empecé a jugar con otro palito y otra hormiga.

Sólo que la tonta de la hormiga me picó y tuve que aplastarle la cabeza con una piedra.

Por fin, el auto de mi papá entró en la rampa del garaje y mi corazón se puso muy contento.

—¡Papá ha llegado! ¡Papá ha llegado! ¡Viva! ¡Viva! —grité.

Entonces salí corriendo hacia él y me levantó en sus brazos y le di un abrazote *supergrande*.

—¡Qué contenta estoy de verte! —le dije—. Porque el lunes me tengo que vestir del trabajo que quiero ser. Pero sin querer dije que iba a pintar y salvar a la gente y cargar muchas llaves. Sólo que... ¿qué tipo de trabajo es ese?

Papá me puso en el suelo y me miró con cara confundida.

—¿Podemos hablar de esto a la hora de cenar? —preguntó.

—No —le contesté—. Tenemos que hablar ahora mismo, porque ya no puedo esperar más y esto me pone muy nerviosa.

—Lo siento, pero tendrás que esperar un poquito más —dijo papá—, porque ahora mismo voy a ver si tu mamá necesita ayuda con el bebé.

Entonces me dio un beso en la frente y entró en la casa.

¿Y sabes qué?

Que a veces me gustaría que el tonto de Ollie no hubiera venido nunca a vivir con nosotros.

5/ La linterna

Volví a entrar en casa y Ollie seguía gritando.

Eso era porque mamá no podía encontrar el chupete.

Los chupetes son lo que les gusta chupar a los bebés, pero no sé por qué. Porque una vez chupé el de Ollie y tenía sabor a mis tenis rojos.

Justo en ese momento, mamá salió corriendo de la habitación de Ollie.

Tenía los pelos de punta.

Y la ropa toda arrugada.

Y sólo tenía puesta una media.

—¿DÓNDE ESTÁ? ¿DÓNDE ESTÁ EL CHUPETE? ¡NO SE LO HA PODIDO TRAGAR LA TIERRA! —gritó muy fuerte.

Entonces, yo y papá tuvimos que ayudar a mamá a buscar el chupete superrápido, porque estaba a punto de perder los nervios. Creo.

Busqué en el sofá, porque a veces si metes la mano hasta el fondo entre los almohadones, puedes encontrar cosas muy buenas.

Esta vez encontré tres *Cheetos* y una palomita de maíz.

Estaban riquísimos.

Después, busqué debajo del sillón de papá, pero estaba muy oscuro y no se veía nada. Entonces fui a buscar mi linterna, porque ya había aprendido en la escuela lo que se hace con las linternas, ¿te acuerdas?

Es muy divertido usar una linterna en un sitio oscuro. La usé en el armario oscuro y también en el sótano.

Luego me acordé de otro sitio oscuro que se llama: el cuarto de Ollie el gritón. Porque tenía las cortinas bajadas para su siesta. Pues por eso.

Corrí hacia allá muy rápido.

—Mira —le dije a Ollie el gritón—, tengo una linterna.

Apunté con la luz al techo.

—¿Ves? ¿Ves ese circulito blanco en el techo? —le dije.

Luego apunté a la pared que tenía los dibujos de la jungla.

—¿Ves los monos, Ollie? ¿Y el hipo... hipopo... algo? —le pregunté.

Pero Ollie el gritón siguió gritando. No tenía ninguna educación conmigo.

Educación es la palabra que se usa en la escuela cuando escuchas muy callado.

Así que apunté con la linterna a su bocota llorona.

Pero en ese momento, me metí en un problema, porque mamá apareció detrás de mí, sin hacer ruido.

—¡JUNIE B. JONES! ¿QUÉ DIABLOS CREES QUE ESTÁS HACIENDO? —gritó.

Tragué saliva y mi corazón empezó a moverse mucho, porque me había metido en un lío. Pues por eso.

—Estoy aquí con la linterna —dije en voz bajita.

—¡FUERA! —dijo mamá—. ¡SAL DE AQUÍ, AHORA MISMO!

Así que empecé a salir, pero cuando apunté al piso con la linterna, vi algo increíble ahí abajo.

—¡OYE! ¡MIRA! ¡ENCONTRÉ EL CHUPETE! —grité—. ¡ENCONTRÉ EL CHUPETE! ¡ESTABA DETRÁS DE LA MECEDORA!

Salí corriendo, lo agarré y se lo di a mamá.

Puso cara de alivio.

—Gracias a Dios —dijo.

—Sí, gracias a Dios —contesté yo.

Mamá frotó el chupete y lo sopló con fuerza.

—Lo que pasa es que no se pueden soplar los gérmenes, ¿lo sabías? —dije—, porque las cosas que están en el piso son muy peligrosas.

Entonces mamá me dio el chupete y yo lo lavé con agua y jabón.

¿Y sabes qué? Que luego se lo puse a Ollie en la boca y ¡dejó de llorar!

Mamá me miró orgullosa.

—¿Dónde has aprendido todas esas cosas? —me preguntó.

—Pues en la escuela —contesté.

Entonces, se me abrieron mucho los ojos, porque ¡se me acababa de ocurrir una gran idea!

—¡OYE! ¡YA SÉ! —grité—. ¡YA SÉ LO QUE VOY A SER PARA EL DÍA DEL TRABAJO!

Empecé a dar saltos y salí corriendo por el pasillo.

Papá estaba en su sillón leyendo el periódico.

Lo embestí con la cabeza.

—¡YA SÉ! ¡YA SÉ QUÉ VOY A SER CUANDO SEA MAYOR!

—Cálmate —me dijo papá, porque no tenía ni idea de lo que estaba hablando.

—Es que no me puedo calmar —le expliqué—, porque tengo que celebrarlo. ¡Y ya no estoy nerviosa!

En ese momento mamá entró en la sala.

—¿Qué es todo este alboroto? —preguntó.

Yo empecé a dar palmadas.

—Es que tengo que *nunciar* algo —dije muy contenta.

—Bueno, ¿qué es? —dijo mamá—. ¡Dilo de una vez!

Entonces, me paré muy estirada.

Y le dije a mamá y a papá el nombre del trabajo que quería ser cuando sea mayor.

—¿A que está bien? —les pregunté nerviosa—. ¿A que es el *supermejor* trabajo que han oído jamás?

Pero mamá y papá no me contestaron.

Se miraron entre ellos y luego me miraron
a mí.

Después, papá sonrió de una forma muy
rara.

Y mamá dijo: "Vaya por Dios".

6/ Llaves que hacen ruido

No pude dormir en todo el fin de semana. Porque estaba muy nerviosa por el Día del Trabajo y mi cerebro no se podía quedar tranquilo.

Así que el lunes, salí corriendo hacia la parada del autobús.

—¡Mire, Sr. Woo! —le dije al conductor del autobús—. ¡Mire lo que me puse hoy!

Entonces, abrí el abrigo y le mostré mi ropa de trabajo.

—¿Ve? Tengo unos pantalones muy lindos y llaves que hacen ruido y un pincel —le dije—, pero no le puedo decir lo que soy, porque es un secreto muy especial.

Después, me tiré en mi asiento y el Sr. Woo manejó hasta la esquina siguiente.

Allí se subió mi *supermejor* amiga Grace.

Llevaba unas orejas de Mickey Mouse ¡y un vestido de lunares blancos y rojos!

—¡Grace! —le dije sonriendo—. Te ves preciosa con esa cosa de lunares.

—Ya lo sé —me contestó—. Es que cambié de opinión sobre lo que iba a ser cuando sea grande. Ahora quiero ser Minnie en vez de Mickey.

Entonces, dejé de sonreír y me volví a sentir mal del estómago.

Porque Minnie Mouse también era de mentira.

—Disneylandia es un engaño —dije.

Luego, el autobús se volvió a detener y se subió William.

Llevaba un traje de Superman, pero en vez de la letra S, tenía una W en el suéter.

—La W es de William —le explicó al Sr. Woo.

—¿Y puedes volar? —le preguntó el Sr. Woo.

Entonces William sonrió mucho, puso los brazos hacia delante y saltó en el aire.

Sólo que no voló.

Y por eso, se volvió a sentar.

Después de eso, el autobús se siguió llenando de niños.

Roger llevaba unas llaves, igual que yo. Y unas esposas de plástico.

Y Charlotte llevaba un delantal rojo para pintar y unas acuarelas en el bolsillo.

Y el malo de Jim llevaba una bata de baño blanca.

—¡Oye! ¡Yo tengo una bata de baño igual que esa! —le dije muy simpática.

—No es una bata de baño, tonta —me dijo—. Soy un karateca.

—Jim es un karateca —le dije a Grace—. Sólo que acaba de salir de la bañadera.

Entonces yo y ella nos empezamos a reír y a reír.

Porque era una broma muy divertida.

¡El Día del Trabajo iba a ser el día más divertido del mundo mundial!

7/ Trabajos y trabajos

Cuando bajé del autobús, me fui corriendo al Salón Nueve, porque quería que el Día del Trabajo empezara muy rápido.

Pero primero tenían que pasar lista.

Y luego teníamos que decir: *Prometo lealtad a la bandera de los Estados Unidos de América y a la república a la que representa.*

Sólo que yo no tengo ni idea de lo que es ese cuento tonto.

Por fin, Seño dio unas palmadas fuertes.

¿Y sabes qué? Que el Día del Trabajo había empezado. Pues eso.

—Niñas y niños, ¡todos se ven maravillosos con sus disfraces! —dijo Seño—. Estoy deseando que todos me cuenten lo que quieren ser cuando sean mayores. ¿Quién quiere empezar?

—¡YO! ¡YO! —grité.

Sólo que mi *supermejor* amiga Lucille levantó la mano con mucha educación y le tocó ser la primera.

Lucille estaba requetelinda.

Llevaba un vestido nuevo que le había comprado su nana. Era de color de terciopelo rosado.

También llevaba unos zapatos rosados y brillantes y unas medias que tenían lazos y puntillas.

La nana de Lucille es una ricachona. Creo.

Lucille fue a la parte de delante del

salón. Metió la mano en una bolsita y ¡sacó
una corona llena de joyas!

Y todo el mundo en el Salón Nueve dijo:
"Ooooooh".

Menos los niños.

—Cuando sea mayor, me voy a casar con un príncipe —dijo—. Y voy a ser una princesa y me voy a llamar Princesa Lucille.

Después se puso la corona en la cabeza y parecía que había salido de un cuento de hadas.

Seño sonrió.

—Es una idea maravillosa —dijo.

—Ya lo sé —dijo Lucille—. Mi nana dice que si te casas con un príncipe ya tienes la vida solucionada.

Después de eso, Lucille dijo que su vestido había costado ochenta y cinco. Y sus zapatos, cuarenta y cinco. Y sus medias con puntillas, seis cincuenta más impuestos.

Entonces, Seño le dijo a Lucille que se sentara.

El siguiente fue Ricardo.

Llevaba un casco amarillo y redondo. Era uno de esos con los que puedes recibir golpes.

—Esto es un casco de constructor —dijo—. Te lo tienes que poner cuando construyes edificios altos, porque si no, alguien te puede dejar caer desde arriba un martillo en la cabeza y matarte.

Seño sonrió.

—Ricardo, ¿entonces te interesa la construcción? —le preguntó.

Pero Ricardo siguió hablando de otras cosas que te pueden caer en la cabeza y matarte, como una lata de pintura, un taladro eléctrico o una lonchera.

Entonces, Seño también le pidió que se sentara.

Después William levantó la mano, sólo que le daba mucha vergüenza y no quería hablar en la parte de delante del salón.

—No tienes que ponerte nervioso, William —le dijo Seño—. Sólo dinos qué quieres ser cuando seas mayor.

William se tapó la cara con las manos.

—Super-William —dijo en voz baja.

Se levantó de su silla y dio un salto en el aire. Pero su capa se enrolló con la silla y él se cayó sobre la mesa.

Después de eso, Super-William empezó a lloriquear y Seño dijo que luego hablaríamos sobre William.

Luego salieron muchos más niños para hablar de sus trabajos.

Un niño que se llama Clifton va a ser un astronauta rico y famoso.

Y una niña que se llama Lily va a ser una actriz rica y famosa. Y también quiere ser directora.

Y un niño que se llama Ham va a ser rico y famoso y el jefe de una compañía muy grande. Y nos enseñó a decir "estás despedido".

Y el mejor de todos es un niño que se llama Jamal Hall, que va a ser ¡el presidente rico y famoso de todos los Estados Unidos!

—¡*Guau*! —dijo Ricardo.

Luego los otros niños también dijeron "¡*guau*!".

Yo sonreí en secreto. "Ese trabajo no es ni la mitad de bueno que el mío", pensé.

Después levanté la mano con mucha educación y Seño dijo mi nombre.

—¡UY, UY, UY! —grité— ¡UY, UY, UY! ¡ES QUE MI TRABAJO ES MUCHO MEJOR QUE SER PRESIDENTE DE LOS ESTADOS UNIDOS!

Me fui superrápido a la parte de delante del salón.

Y ya no podía aguantar más de nervios.

—¡UN BEDEL! ¡VOY A SER UN BEDEL! —grité.

Después de eso, hice ruido con las llaves, y moví mi pincel en el aire y aplaudí y aplaudí.

Pero algo salió mal.

Porque nadie se puso a aplaudir conmigo.

Y pasó algo todavía peor.

Todos en el Salón Nueve se empezaron a reír mucho, burlándose.

—¡QUIERE SER UN BEDEL! —gritaron.

Y luego señalaron mis pantalones de color café.

Y dijeron que era tonta.

Y yo no sabía qué hacer, porque me sentía muy mal por dentro.

Así que me quedé parada ahí en medio.

Y mis ojos se empezaron a mojar un poquito. Y mi nariz empezó a soltar una agüita.

Por eso me tapé la cara.

—No están siendo educados conmigo —dije en voz baja.

Justo entonces, Seño dio unas palmadas muy enojada y regañó mucho, pero mucho a todo el Salón Nueve.

—Junie B. Jones tiene razón —dijo—. Ser bedel es un trabajo muy importante. Hay que trabajar muy duro y ser una persona en la que se pueda confiar.

Yo la miré a través de mis dedos.

—Eso y no se olvide de la parte cuando se le salva la vida a la gente que está en peligro —dije.

Entonces el Jim ese que me cae tan mal empezó a reírse muy fuerte.

—Tú estás loca. Los bedeles no salvan la vida de nadie —dijo.

Yo le di un pisotón muy fuerte.

—¡Pues sí! ¡Claro que sí! Porque yo una vez estaba comiendo un *Life Saver* muy peligroso y Bedel me hizo escupirlo. Y también trajo su linterna al Salón Nueve y salvó a William de aquel hilo dental tan peligroso.

Luego le mostré mis llaves.

—¿Y ves estas cosas? Los bedeles abren las puertas de los baños con las llaves y si no lo hicieran, no podríamos ir al baño.

Luego le enseñé mi pincel.

—Y los bedeles también pintan las basuras —le dije—. ¡Y pintar es lo más divertido y a mí me encanta!

Jim sonrió con cara de malo.

—¿Ah, sí? Pues qué lástima, porque tú eres una niña y para ser bedel hay que ser niño. Así que te aguantas.

Me fui corriendo hacia su mesa.

—De eso nada, tonto —le dije a Jim—. ¡Las niñas pueden ser las mismas cosas que los niños! ¿No es cierto, Seño? ¿No es cierto? Porque lo he visto en *Plaza Sésamo* y en *Oprah*.

Seño sonrió.

Luego mi *supermejor* amiga Grace empezó a aplaudir.

¿Y sabes qué? Que todas las otras niñas del Salón Nueve también se pusieron a aplaudir.

8/ Gus Vallony

¡Hoy fue el Día de Muestra y Cuenta y Bedel vino al Salón Nueve!

¡Y ha sido el *supermejor* día de todos!

Porque Bedel trajo su caja de herramientas.

Y jugamos a una cosa que se llama Nombra la Herramienta.

¿Y sabes qué?

Que yo sabía lo que era un serrucho.

Y un martillo.

Y un calibrador métrico con trinquete ajustable.

Después Bedel nos mostró cómo se usaban todas las cosas.

Y Charlotte jugó con su linterna.

Y mi *supermejor* amiga Grace se puso a barrer con su escoba.

Y a la suertuda de Lucille la dejaron limpiar el pizarrón con su esponja.

Pero pasó algo malo, porque yo quería el trapeador. Sólo que el tonto de Jim no lo soltaba y tuve que pellizcarle en el brazo.

Después de eso, nos *retiraron* el trapeador.

Retirar es la palabra que usan en la escuela para decir que te han quitado algo de las manos.

Después de eso, Bedel se sentó en una

silla y todos los del Salón Nueve nos sentamos a su alrededor.

Nos contó muchas cosas sobre él y lo que hacía en su trabajo.

¿Y sabes qué?

Que hace catorce años que es Bedel.

Y nació en un país distinto al nuestro.

¡Y se llama Gus Valloney!

—¡Oye! ¡Me encanta el nombre de Gus Valloney! —grité—. Porque Valloney es mi sándwich favorito.

Entonces sonreí orgullosa.

—¿Y saben qué más? —dije al Salón Nueve—. Que yo y Bedel somos *supermejores* amigos y a veces me llama "linda".

Bedel me guiñó el ojo.

Y yo le guiñé el ojo a él, pero como se me cerraban los dos ojos, tuve que sujetar

uno con los dedos para que se quedara
abierto.

—Me gusta mucho ese Gus Valloney —le
susurré a mi *supermejor* amiga Lucille.

Pero la tonta de Lily me oyó.

Y empezó a cantar: "Junie B. Jones tiene noooviooooo. Junie B. Jones tiene noooviooooo".

Y eso hizo que me diera mucha vergüenza.

—¡Yo y mi gran bocota! —dije.

Entonces Seño se rió.

Y Bedel se rió.

Y todos los demás también se rieron.

Después de eso, Bedel tuvo que volver a su trabajo y Seño se despidió dándole la mano.

Entonces todos en el Salón Nueve aplaudieron y aplaudieron a Bedel.

Y Bedel sonrió.

Y sus llaves hicieron ruido cuando salió por la puerta.

Junie B. tiene mucho que decir...

kindergarten

Kindergarten es lo que va antes de primer grado. Sólo que no sé por qué le pusieron ese nombre tan tonto de kindergarten. Se tendría que llamar grado cero. Creo.

trabajo

Trabajo es cuando usas el cerebro y un lápiz. Sólo que a veces yo uso mucho la goma y le sale un agujero a mi papel.

el supermercado

El sábado es el día que yo y mi mamá vamos al supermercado. Es un sitio muy divertido. Sólo que no se puede gritar "¡QUIERO HELADO!" y no se puede llamar a mamá mala más que mala.

en *Junie B. Jones espía un poquirritín*

Seño

Me encantaría que Seño viviera en la casa de al lado. Así, seríamos vecinas y *supermejores* amigas. Y a lo mejor la podría espiar.

espiar

Yo soy una *espiadora* muy buena. Porque mis pies son muy silenciosos y cuando respiro no me suena la nariz.

la fuente de agua

No se puede poner la boca por donde sale el agua de la fuente porque se te pueden meter los gérmenes y te puedes morir.

secretos

Nadie puede ver los secretos que tienes en la cabeza, ni aunque te miren por los oídos.

Acerca de la autora

Para Barbara Park la indecisión sobre el trabajo no es algo nuevo. Cuando estaba en kindergarten quería ser bailarina, patinadora sobre hielo o empapeladora.

—Aunque no fuera buena en algo, mi mamá siempre decía que lo hacía muy bien —dice Barbara Park—. El día que aprendí a patinar hacia atrás, estuvo a punto de inscribirme en *Ice Capades*.

Al final Barbara decidió ser escritora y ahora miles de lectores agradecen su decisión. Ha recibido muchos premios por sus divertidas historias infantiles, incluidos siete premios otorgados por los propios niños y cuatro premios *Parents' Choice*. Vive en Arizona con su esposo Richard y sus dos hijos Steven y David.